함박눈이라는 슬픔

이성목 시집

함박눈이라는 슬픔

달아실 시선
12

달아실

일러두기
본문에서 하단의 > 는 '단락 공백 기호'로 다음 쪽에서 한 연이 새로 시작
한다는 표시이다.

지난 시집을 낸 후, 나는 광주에서 새로운 삶을 꾸려가고 있다.

이곳은 시의 외딴섬이거나 산중 암자 같다. 우리는 우리끼리 시를 나누고 이야기한다. 내가 '우리'라고 말할 수 있는 몇몇 아름다운 사람들은 이곳에 뿌리 내린 시의 든든한 상록수들이다. 나는 그들이 만들어 낸 푸른 잎의 일부를 할애받아 시를 쓴다.

그리고, 아직도 그늘받이인 나와 함께 살아내며 내가 당신이라 부르는 갸륵한 사람이 있다. 또한 밥을 벌며 일하는 자리에도 아름다운 사람들이 있다. 그들이 있어 머지않아 이곳에서 나도 뿌리가 깊어질 것이다.

이렇듯 오롯하게 담아낼 수 있는 평화가 나와 그들을 함께 물들이며 아름다운 노을을 만들어 갈 것이다.

2018년 겨울

이성목

차례

1부

폭설

눈이 내리고 있었다
나는 할일이 없어 길을 걸었고
길 위에 내리는 눈도 할일이 없어 보였다
눈을 맞는 길도 할일이 없는 것 같았다
눈이 나를 따라오기도 하고
내가 눈의 꽁무니를 밟고 가기도 했다
눈 밟는 소리가 좋다고 눈이
한 뼘 더 내려야겠다고 했다
나는 할일이 없었으므로
나도 눈 밟는 소리가 좋다고 했다
길도 끝나는 게 싫어선지 자꾸
골목을 돌아서 가느라 시간이 늦었다
어디로 가기로 한 것도 아닌데
시간이 늦었다고 눈은
길을 더 먼 곳으로 밀었다
길은 기꺼웠고 나는 걸었다
할일이 없어 뽀드득 뽀드득 걸었다
할일이 없는 눈이 내렸으므로
우리는 모두 할일이 없었다

할일이 없으니 그만

자야만 할 것 같던 밤이었다

그러자고 한 것은 아니었지만

잠결에도 눈은 할일이 없어 자꾸 내리고

할일이 없어 길마저 들어간 다음에도

나무 위로 지붕 위로 눈은

하릴없이 자꾸 내린 것 같았다

아침이 무슨 할일이라도 있는 것처럼 왔지만

30년 만의 폭설이라고 뉴스가 쏟아졌지만

길은 길 위에서

눈은 눈 속에서

나는 이불 아래서 생각을 주물럭거렸을 뿐

우리는 모두

아무 할일이 없었다

대장간 칼

밤새 나를 두드리는 소리를 들었습니다 나는 깨어나지 않을 참입니다 바람대로라면 당신 혓바닥에 올려놓을 얇은 꽃잎 한 장이지만 나는 나를 두드리는 사람을 믿지 못합니다 전생에 그는 나를 오래 두드려 새파란 낫을 건져갔던 사람입니다 낫에 잘린 꽃들을 애도하기에 늦었다는 것을 알았을 때 피 냄새나는 꽃들의 후생으로 내가 가서 어떤 날끝에도 잘리지 않는 꽃잎 한 장 세상에 드리고 싶었습니다 나는 다시 두렵습니다 두려워 지금도 불을 견디고 망치질을 견딥니다 한때는 저 소리에 깨어난 쇠스랑이 하루 만에 손가락이 잘려 돌아온 걸 보았습니다 이빨이 다 망가진 도끼도 보았습니다 늙어 고부라진 꼬챙이도 있었지만 아무도 원했던 생은 아니었습니다 그들이 용광로 속에서 전생의 기억을 다지우고 내 곁에 누워 있는 지금 번번이 잠들고 번번이 깨어나는 아침이지만 믿을 수가 없습니다 쇠붙이로 가득찬 나를 믿을 수 없습니다 나는 깨어나지 않을 참이지만 대장장이는 내 속에서 무엇을 건져냈을까요 아 억겁이 쇠의 굴레라지만

길 밖의 고양이

그가 검고 흰 꼬리를 세우며 천천히 다가왔다
발걸음에는 질문이 가득했다

코스모스가 피를 흘리는 현장이었다

우리는 속말을 신분증처럼 꺼내 보여주며
어떤 증거가 될 그를 카메라에 담았다
그가 가진 눈과 귀를 수집했다

앰뷸런스가 코스모스를 싣고 달려갔다

바람은 다시 이곳에서 가랑잎들의 안녕을 확인할 것이다
현장 근처 억새풀이 잠복을 서둘렀다
허리춤에 찬 수갑이 은빛으로 반짝이고 있었다

채집한 기록을 가방에 넣었다
그를 제출하려고, 그의 긴 꼬리도 들어올렸다
그가 척추뼈를 가늘게 풀어주었으나
발은 이미 그림자를 그러쥐고 놓지 않았다
>

우리는, 우연히 꼬리를 세우고 다가온
생의 비의를 이대로 놓칠 순 없다고 생각했다

숨죽인 걸음걸이로 가득찬 그의
발목을 잘라버려서는 안 될 것이라고 합의했다
한 계절을 웅크리는 그의 밀행을 믿기로 했다

그리고 우리는 그를
수크렁이라 적어 두었다

찌라시

지하실로 귀뚜라미를 데리고 들어갔을 때
하수관으로 물 쏟아지는 소리가 여러 번 지나갔다
먼지들의 비명이 희뿌옇게 들려왔다
그래 결국은 다 실토하고 말 것이다
더듬이를 감추지 못한 것이 걱정되었다
투명한 날개도 고스란히 펼쳐져 있었다
어떤 색깔을 턱 아래 감추고 있었던 것이 화근이었다
전단지 몇 장을 훔쳐 종아리에 숨겨둔 것도 밝혀졌다
그건 저들의 회원들에게만 배달되는 첩보였다
귀뚜라미를 데리고 지하실로 들어갔을 때
누군가의 사생활을 폭로한 말매미는 이미 재갈이 물려 있었다
성명서 한 장 없이 세상이 한꺼번에 시들해진 까닭이 있었다
기계음이 어지럽게 흩어지는 지하실 구석
날개를 비벼 목숨을 구걸하지 않겠다는
복무서약을 까맣게 새겨 넣은 꼬리 하나가 전갈처럼 세워졌다
우주의 써늘한 전언을 지상의 사소한 곳곳까지 전하는
귀뚜라미에게 재갈을 물려둘 수는 없다
다리가 부러진 귀뚜라미를 들것에 실어
지하실을 나오는 개미들의 긴 행렬이 있었다

가랑잎들이 그곳으로 몰려갔다

귀뚜라미가 마지막 전언을 날개를 비벼 전하고 있었다

설레는 저수지

욕조에 찰랑찰랑 넘치도록 물을 받고
물속으로 몸이 들어가면 물은 얼마나 설렐까

세숫대야에 꽃잎을 띄워놓고 가만히 손을 넣었을 때를 생
각해 봐
손등을 찰랑찰랑 밀어내며 설레고 설레던 물

벚꽃이 함박눈처럼 내리던 봄날을 기억해
둥글게 꽃터널을 만들며 우리가 걸었던 봄날을 기억해
저 둥글고 둥근 끝 환하고 환한 끝은 어디일까

둥글고 둥근 저수지 물은 널 받으며 얼마나 설레고 설렜
을까
얼마나 설레고 설레서 기슭으로 자꾸만 꽃잎들을 밀어냈
을까
찰랑찰랑 밀어내고 또 밀어냈을까

찢어진 블라우스가 꽃잎처럼 덮여 있었지
속이 다 비치는 연분홍이 봄날을 어지럽힌다고 수군거렸지

꽃잎을 밟으며 또 밟으며 갔지

꽃잎이 함박눈처럼 내리는데
꽃놀이가 귀신놀이 같다고 사람들은 떠났는데
가만히 돌멩이 하나 들고 저수지로 던졌지
돌멩이는 폭 소리를 삼키며 영영 사라져 버렸지

그랬구나 너는 너에게
들어오려 했던 것들이 설레지 않았구나
돌멩이 같았구나 아팠구나
밀어내고 또 밀어내지 못한 걸 알겠구나

설레고 설레는 건 밀어내고 또 밀어내는 것이라고
저수지 물빛이
너를 받고서도 한참이나 발그레했던 것을 기억했다

두근두근 해적 룰렛

등에 칼을 꽂았어
옆구리에 슬며시 칼을 찔러 넣었어
식은땀이 흐르네
이거 정말 소름 돋네
끝내 불알 두 쪽만 남았는데
이런 씨발
대갈통이 날아가네

선택에는 언제나 목이 따라다니지

어떤 놈의 칼을 받아야
어느 부위로 칼을 품어야
내 머리를 가장 먼 공중으로 데려다 줄 것인지

장고 끝에도 대갈통이 날아가네
아차하면 대갈통이 날아가네

아무도 모르는
캄캄한 통 속으로 칼을 밀어 넣는
누구나 다 아는

저 두근두근

통속

진흙쿠키

여자가 아프면 여자 안의 여자는 더 아프다
여자 안의 여자가 젖을 꺼내 물리면 여자는 슬프다
여자로 다시 태어나기 위하여 망치로 자궁을 깨는 여자들
깨어진 자궁 속에 쌓인 먼지를 털어내지만
집이 무너졌으니 집 안의 집은 형체도 없이 사라졌겠지
여자는 생각한다 여자가 무너지면
여자 안의 여자가 다시 있지
여자가 여자를 품고 오븐 안으로 들어간다
태양은 얼마나 여럿인지 여자들이 검게 검게 구워진다
구워진 여자를 깨뜨리면 다시 불을 받는 여자들
그 많은 여자들의 냄새는 한 줌도 안 되는 내일을 부풀리지만
여자는 여자 안의 여자를 꺼내 굽고 또 굽는다
여자는 생각한다 우리는 사라지지 않을 거야
도시가 모두 사라졌으니 우리는 벽돌을 낳을 거야
철근을 낳을 거야 모래를 낳을 거야
여자 안의 여자가 구운 손을 꺼내 여자에게 건넨다
여자는 두렵고 여자는 슬프고 여자는 아프지만
여자에게 매달린 아이의 입을 열어 잘 익은 손을 넣어준다
망치로 젖을 깨서 젖가루 날리는 공기를 불어넣는다
태양이 아이들을 구워 먹겠다고 오븐을 열기 전에

택배

이 많은 숫자들을 어떻게 다 옮기지

배달되는 질문을 열어보느라
수학자는 방안에 어둠이 가득차는 것도 모르고

켜진 채 오는 동안 희미해진 생각 하나가
방문 앞에서 방안의 내가 돌아오기를 기다린다

상자에 담긴다는 것은 참 마법 같은 일이구나

수학자는 어둠 속에서 중얼거리고

나무 상자로 들어간 아버지는
육탈이 끝났는지 갈비뼈를 찰랑거리며 꿈속을 다녀간다

깜깜한 상자 속이라면

손만 따로 떼어 너에게 보낼 수도 있겠구나
멀리 있는 너를 만질 수 있겠구나
>

날마다 상자를 기다리는 사람이
번번이 상자를 반품하는 사람이

다만 모르고 있을 뿐 함수가 상자라는 걸

언젠가 우리는 모두 상자 안으로 들어가 누울 것이다
어디로 배달될 것인지는 신들만 알겠지만

수학자 말대로라면
보낸 것이 변하지 않고 도착한다고 생각할 수는 없다

다음 생이 기다려진다

해바라기

이제 그만 고개를 떨구자

고개를 떨구는 자만이
신발을 뚫고 나온 검은 발가락을 경배할 수 있다

마치 깊은 생각에 잠긴 것 같은
얼굴에 주근깨 같은 깨달음이 촘촘하게 박힐 때

우리는 대지의 태양

허공을 주억거리던 얼굴이
검은 발가락 앞에 가만히 놓인다

우리는 모두의 얼굴로 떠오를 줄 아는
여럿의 태양

하나의 빛을 향하는 절망으로 떨었던
가느다란 목과의 작별
>

하늘을 등지고 대지를 향해서만 세계를 열던 밤송이들이
마침내 떠오르는 태양을 향해 굵은 눈물을 쏟는다

허공을 버리고 대지로 귀환하는 수많은 가랑잎들

이글거리는 얼굴로 들판을 굴러서
너에게 갈 것이다

얼굴을 기억하는 검은 발가락들이
씨앗을 대지의 검은 머리카락 사이에 박아 넣으며
길을 따라 나선다

순례가 시작된다

뼈 울음

유황오리 목을 비틀다 말고 사내는
오리 혀에 뼈가 있다는 거 아세요?

묻는다

나는 갑자기 혀가 굳는다
대바늘 같은 뼈를 움켜쥐느라

얼굴까지 시뻘게진 사내는
혀를 뽑아야겠다고 입을 벌리고

피 묻은 손을 팔뚝까지 삼킨다
펠리칸이라는 생각이 잠시
아가리를 벌린다

손에 쥔 시뻘건

뼈가 뽑혀 물컹해진 장맛비가
그렁그렁 눈동자에 고일 동안
>

나는 지금 울음 뽑힌 새소리
뼈 없는 새소리

뼈 없는 한 마리

잘린 머리가 검은 비닐봉지처럼
푸륵푸륵 부풀다가
뭉툭한 부리를 내밀어
혀를 거둘 때

날 것들도 꺼억꺼억 울러 간다
불판 위를 건너가는
입안의 빈소

울음이 뽑힌 바싹한 유족

뼈가 박힌 울음과
뻣센 말들의
문상

처음 맛보는 침묵이

질경질경 씹힌다

유언처럼

당신의 눈망울을 깃 아래 감추었으니
나는 이제 날개를 펼치지 않을 것이다

우리는 모두 사랑의 서약자들

낮은 소리가 높은 소리를 뒤집어 가며 더디게

혀를 구부려
뼈를 구부려 울음을 삼킨다

울음이

목을 비틀며
사람의 혀에 칼이 있다는 거
아세요?

묻는 동안

너무도 詩적인 마술

내 마술을 경험한 자는 경악하지
입술이 새파래져 떨지

눈앞에서 사라진 몸
믿을 수 없다는 듯이 벌린 입
벌떡이는 심장에서
낯선 소리가 허둥지둥 달려나가
주위를 휘둘러보지

그림자만 남고 그림자의 원관념이 사라진

이 마술은 시적이지
너무도 시적인 문장 안에
구겨 넣은 어깨뼈가 골반뼈에 처음으로
인사를 하지

어서 와
우리는 모두 은유의 배후들이지
지금은 짓이겨진 한 뭉치

밖으로 슬며시 나가려는
꼬리털도 어서 들어와

한 뭉치로
전부를 여백으로 남겼어도
시는 사라지는 것이 아니라는 믿음

이 마술은
다리를 후들거리게 하지
머릿속을 하얗게 하지

당신이 한눈을 파는 사이
브레이커를 모른다고 세 번을 부정하는 사이

명명할 수 없는
비유가 남기려는 피의 얼룩을 보여주지

이 마술이 펼쳐지는 순간
눈앞에

생의 카드들이 차르르 쏟아졌다면

당신은 시적인
너무도 시적인 결말에 전율했을 테지만

내 마술은 멈추지 않지

잠깐의 실수로 놓친 카드처럼

몸에서 튕겨져 나간 눈알이
빤히 보고 있는 그 현장에서

유령 일기

나는 나를 기억하지 않겠다
나는 꿈을 꾸는 자이므로
당신은 이제 세상에 없는 사람이야!
소리는 입안에 긴 여운을 남기고 사라질 것이다
머리카락이 누구의 것인지도 모르게 휘날리도록
손톱이 속눈썹보다 길게 자라 휘어지도록
나는 이제 나를 말하지 않겠다
의문은 아래층과 위층 사이에 바퀴벌레처럼 모여든다
그곳에 육체가 있었다면 구더기가 들끓었을 것이다
썩은 얼굴이 유언처럼 남았을 것이다
그러나 나는 나를 잊을 것이다
잊는다는 것은 가장 선명한 존재의 흔적
사라지려는 것들의 냄새는 참기 힘들지만
참아보기로 했다
언제나 몸이 마음보다 쉬웠으므로
긴 칼이 혀를 가르는 것처럼
간담이 써늘하도록 좋았다
몸이 없는 날은

어느 날

어느 날 소리가 찾아왔다
소리가 소리도 없이 찾아온 것을
눈을 뜬 채 보고 있었지만 어디에 두었는지
귀를 찾을 수 없어서 만져보지 못했다
또 어느 날 빛이 찾아왔다
빛이 그림자도 없이 찾아온 것을
귀를 기울여 듣고 있었지만 어디로 보냈는지
눈이 오지 않아서 만져보지 못했다
번번이 나는 당신을 놓치려고
머리를 책상 위에 올려놓고 나갔다가
머리가 가벼운 발이 돌아오고
번번이 당신은 나를 잊으려고
발을 신발장에 넣고 나갔다가
걸을 수 없는 머리가 돌아왔다
발자국이 머릿속을 헤집고 다니거나
머리카락이 길게 자라 발목에 칭칭 감기는
이 잠의 하나는 나에게 왔고
이 꿈의 하나는 당신에게 갔다
다시 어느 날 빛과 소리가 함께 찾아왔다

여전히 눈은 소리를 보고

여전히 귀는 빛을 들어서

당신과 나는 캄캄하고 적막했다고

같은 눈물을 깨물어 삼켰다

손을 잡으려고 손을 잘라 보낸 날이 있었던 것처럼

손을 잡으려고 손이 내게로 왔던 날이 있었던 것처럼

손이 없어 손을 잡지 못했던 날이 있었던 것처럼

몸을 잃은 손으로

같은 허공을 만지작거렸다

질문

대답할 수 없는 질문이었다
침묵은 그렇게 만들어지는 것
입안에 공기가 저절로 부풀어 오르는 것
입을 벌려도 빼낼 수 없는 커다란 풍선이 자라는 것
침묵은 질문이 만들어 내는 공포
그가 내 머리에 총을 겨누었다
총의 언어를 어떻게 알아들을까
온몸의 감각을 총구 앞에 모은다
두근거림이 사라진 질문이 있을까
생각하는 사이
또 다른 질문이 이마를 민다
질문은 이마를 밀고
대답은 등에 매달려 버둥거리는데
나는 높이를 알 수 없는 세계에서
그와 마주하고 있다
침묵은 질문이 모르는 또 다른 질문
총구에서 하품이 터져 나와
나풀나풀 날아오른다
이마에 붙은 차가운 꽃잎 한 장

애초에 이 꽃잎은

질문할 수 없는 대답이었다

노을 속으로

하늘을 날아가는 새
그림자가 땅바닥에 나뒹굴며 매달려 간다
몸이 시커멓게 멍든다
고통이 공중을 가득 채운다
훨훨 날아오르는, 새털 같은 생이란 없다
소실점을 향하는 새
그림자가 닳아서 없어질 때까지
새는 하늘을 몇 번이나 움켜쥐었다가 놓았을까
발톱이 박힌 곳마다
붉게 핏물이 스며 나온다
피 흘리지 않고는 사라질 수 없는
목숨이 몸 안에서 두근거린다
새가 머리 위를 지나가는 순간인 듯

2부

이름

　그는 태어나면서부터 나와 함께했다 처음에 그는 아버지의 밀지를 나에게 전하는 밀사였는데 어느 작명가를 만난 후 그의 수하가 된 자이다 아버지와 그는 그렇게 결별했다 그의 대부분이 나였으므로 나는 그로 살았다 그러나 그는 다른 사람들의 몸에 들어 살다가 문득 연둣빛 여자의 달콤한 입김으로 어느 때는 둘도 없는 친구의 익숙한 목소리로 또 어느 때는 텔레마케터의 낭랑한 음성으로 나를 데리러 온다 나를 불러 세운다 문득 돌아본다 그는 전직 밀사답게 사라지고 없다 그는 언제나 낯설다 어느 날은 내 시를 데리고 나간 그가 문예지 어둑한 페이지에 쪼그려 앉아 누군가를 기다리다가 잠이 든 모습을 보았다 그때 나는 처음으로 그를 소리 내어 불렀다 그는 대답하지 않았다 한없이 외롭고 쓸쓸해진 그가 또 누군가를 만나게 되면 그의 나직한 음성으로 나를 돌려 세울 것이다 내가 나를 기다리는 시간이 갈수록 길다

국립과학수사연구소 백양사분소

애기단풍인 줄 알았는데 피 묻은 손이었다 옆구리를 뚫고 나온 나무인 줄 알았는데 도끼였다 그네가 아니라 목줄이었다 비명이 혀를 빼물고 공중에 매달려 있었다

일행이 도착했다 현장이 훼손되기 전에 사진을 찍어두려는 사람들이다 바닥으로 떨어진 구름을 들추자 흰 뼈가 보이기 시작했다 카메라 셔터 음이 사진 속에 역광처럼 박혔다 백골이 드러나기 전에 어서 웃어요 웃었다 모두 덩달아 웃었다

잠이 덜 깬 몸을 버스에 두고 발이 먼저 내린 일행은 소스라쳤다 바닥에 발이 닿으면서 현장은 피 묻은 발자국으로 낭자했다 나무 곁에서 사진을 찍어대던 의문 가득한 배낭들은 서둘러 나무속으로 사라졌다

일행이 사진 속에서 붉은 잇몸을 드러냈다 모두가 현장에 붙들렸고 모두가 혐의 없이 현장을 벗어났다

다음 날도 나무속에서 피가 터져 나왔다 오후에는 뒷머리 검은 저녁이 수갑을 차고 현장으로 끌려 들어왔다

컨베이어벨트 위의 조사들

우리의 사연은 제각각이다
멀리서 온 당신은 불을 견딘 상징이 있다
나는 오늘 내가 아닌 삶을 위하여 왔다
나는 녹슨 입으로 녹슨 말을 할 줄 안다
우리는 어디에서 흘러왔고
우리는 또 어디로 흘러갈 것이다
물의 이력을 가진 자들은 고개를 갸웃거린다
흘러가는 것이 이럴 순 없다고 덜컹거리겠지만
나는 녹슨 말로 그것들을 조일 수 있다
차고 딱딱한 쇠붙이 문장들
하얀 절삭유를 뿜어내는 비평들
비유에 실패한 플라스틱 단어들
기어처럼 맞물려 돌아가는
당신의 몸안으로 나를 밀어넣는 힘을 느낀다
세계는 흘러가며 완성되는 것
나는 오늘 내가 아닌 삶을 위하여 왔으므로
완성된 세계에서 나는 없을 것이다
나는 녹슨 입으로 녹슨 말을 할 수 있고
당신의 헐거움을 조여줄 수도 있다

한곳으로 흘러가지만

우리의 사연은 제각각이다

콩밭에 내리는 햇살

햇살이 색깔의 비유라면
얼마나 물들이면 노란색이 될 수 있나
손에 쥔 눈물방울은 아직도 익지 않았으니
콩밭에 햇살은 투명한 유리창처럼 깨어진다
유리 조각처럼 쏟아진다
고추잠자리 날개가 부서진다
잘못 날아든 애기단풍 발가락에 꽂힌다
햇살이 채찍의 비유라면
얼마나 때리면 앙상해질 수 있나
소름을 키운 밤송이들
소름마다 가시를 일으킨다
입을 벌리면
한 알의 고통이 콩밭으로 굴러간다
손에 쥔 눈물은 설익어 비린데
애기단풍 발가락엔 붉은 피가 흐르는데
고추잠자리 부서진 날개를 철렁이는데
밤송이는 물고 있던 고통을 방울처럼 굴리는데
햇살이 마음의 비유라면
콩밭의 콩들은 그토록 많은 주먹을 쥐고도

유리 햇살을 고스란히 맞을까
밤마다 찾아올 이슬은 무엇에
몸을 깨뜨리며 투명해질까
하필이면
맨발의 마음이 콩밭으로 갈까
콩밭에 햇살은 깨진 유리창처럼 쏟아지는데

창세기

아침부터
여우 한 마리가 거울 앞에서 화장을 하며
꼬리를 잘라달라고 칼을 건넨다

나는 칼을 잡지는 않을 것이다

지난밤의 습작들은 반죽이 질고
지금은 그걸 치댈 힘도 없다

발을 네 개나 가지고도 되겠다는 게
겨우 사람이냐고 물을 때마다

혀는 두 개로 쪼개지고

누구의 꼬리를 그냥 삼켰는지
목구멍에서 털이 걸려 내려가지 않는다

면도칼이라도 꼭꼭 씹어 삼켜야 할 것 같다
>

세상이 잠들 때 깨어나는 우리들

바쁜 시간이니 모두
손발이 부족하구나

남는 손발이 없으니
이무기가 되긴 틀린 것 같은

모두의 밤인 아침

비늘 세운 절망이
머리에서 꼬리까지 꿈틀거리며 온몸을 밀고 간다

발치

고통은 없었지만
썩은 이가 입안에서 발버둥치는 것을
눈을 질금 감고 외면했다

깨물어 먹을 수 없는 것은 말이 아니다
그는 입안의 혀보다 빨리 알아듣고 움직이는 자였으므로
깨어지고 짓이겨지고 갈려나가는 소리를 내게 들려주며
든든한 나의 수하가 되어갔다
개처럼 이놈은
목줄을 거머쥐고 으르렁거리는 소리를 주저앉힐 필요가
없다
은밀하고 조용하게
한 세계를 박살내면
더러운 침이 그곳으로 고여 들어
산산조각 난 잔해를 이끌고
캄캄한 내장 속으로 들어갔다
입안에서만 일어나는
이 완벽한 세계를 위하여
나는 눈알만 한 사탕을 던져주며

자, 짖어, 짖어봐
역시 입이 무거운 놈이다
던져주는 어떤 말도 다 깨물어 갈아내는
이놈은
제 속에서 튀어나오는 말까지도
짓이겨 보냈던 것은 아닐까
나는 이 과묵의 충성이
언젠가는 나를
내가 읊조리는 시와
흥얼거리는 노래마저 씹어버릴지 모른다고 생각했다
벙어리로 만들어
굴복시킬지 모른다는 두려움이 몰려왔다
두려움이야말로
이 견고한 세계를 무너뜨리는 균열의 시작이라는 것
나는 침착하게 그러나 온몸에 소름을 뒤집어 쓴 채

이놈을 축출했다
망설임 없이
황금의 입술을 가진

젊은 놈 하나를 수하로 두기로 했다

의사는
진즉에 했어야 할 일이었다고 했다

보름달 훔치기

이제 저 맨홀 뚜껑은 고물로도 팔리지 않는다

말라 죽은 계수나무는 재래식 아궁이로 던져졌고
토끼굴 무너진 건 수십 년이 되었겠지

어떤 도둑이 저 낡고 녹슨 뚜껑을 가지러 가겠는가

손바닥에 피가 배는 노동만으로 동아줄을 올라야 한다면
언제부터 매달린 동아줄인 줄도 모르는 썩은 공포를 견
뎌야 한다면
누가 고물로도 안 팔릴 맨홀 뚜껑을 열자고 하겠는가
홀에서 뿜어져 나올 음식 냄새들을 들이마시겠다고 하겠
는가

행여 저 오래된 보름달을 바꾸어 달자고 한다면

온 가족이 모여 폭탄 돌리기를 해야 한다고 아우성치겠지
저마다 새끼를 껴안은 짐승처럼 휴대폰을 껴안고 떨고 있
겠지
>

우리는 이미 다른 행성에 짐을 풀고 있는데

오래전 감옥으로 간 세상 물정 모르는 어느 도둑은
창살 사이로 하늘을 보며
저 맨홀 뚜껑을 누가 훔쳐가기 전에
어서 그믐이 와야 한다고 빌고 있겠지만

엎드려! 운동장

그날 저녁
운동장이 사타구니에 감춘 꼬리를 들어
교문을 닫아거는 소리를 들었다
울타리 안쪽이 거대한
몸집으로 가득 채워질 동안
교문 밖으로 아이들을 내다버리며 지친
교실이 어둠 속으로 사라진 다음이었다
빈 국기 게양대는 밤새 부르르 떨었다
알 수 없는 그 떨림이
몸의 바깥쪽으로 밀려나가기를 기다리며
알게 되었다 복종만이 이 넓이를 만들 수 있었다
침묵만이 이 둥근 평화를 지킬 수 있었다
살찐 웃음이 달처럼 공중에 떠올랐다
길들여지기를 잘 한 것 같아, 항문에 혀를 댈 때
뜨거움이 혓바닥에 스며들지만
야성을 드러내지는 않을 것이다
발목에 채워진 전자발찌가 찌르르 우는
어둠 속 전율조차
교문 밖으로 내다버린

아이들이라는 것을 세상이 알아서는 안 된다

나는 비의의 문지기를 자청하였으므로

문고리에 꼬리를 감고

목덜미 발갛게 벗겨진 채

교문으로 바짝 다가서는 미명의 시간을 노려보고 있다

또 내일은 월요일

아이들은 영문도 모른 채

나를 딛고

한 뼘 더 자랄 것이다

내 목줄은 더 짧고 단단해질 것이다

번호가 된 사람

세상이 나를 부르는 방식이었다네

수억만 개의 번호를 거느리고 비가 내린다네
수억만 개를 기억하라고 나뭇잎을 두드린다네
지붕을 두드리고 유리창 두드린다네

두드려도 대답할 수가 없다네
이제 나는 나를 모르겠다네 쏟아지는 빗소리
너무 많은 번호에 일어서서 관절은 녹고 귀는 어둡다네
그중에 어떤 호명들은 환청처럼 지나간다네
유리창에 붙어서 미끄러져 내려간다네
시간이 긴 얼룩처럼 미끄러진다네

나는 대답할 수 없으므로
수억만 개의 빗소리를 다 맞아야 한다네
나는 빗속에서 소리를 맞으며
물방울에 갇힌 번호를 몇 페이지에 걸쳐 적고 있는데

애인은 우산도 쓰지 않고 발랄하게도 나를 떠난다네

수억만 개의 번호를 소름처럼 몸에 달고서
　아라비아 상인들의 은전 소리를 찰랑이며 안녕 안녕 떠난
다네

　그제서야 나는 소리에 젖은 옷을 말리며 머리를 털며 생
각한다네
　으슬으슬 춥지도 않은 번호까지 가버렸군

혀를 위한 우화

검은 동굴 속 붉은 짐승을 가두었다 입구를 막아두자 짐
승은 침에 몸을 적시며 고요해졌다 축축한 벽을 비비며 꿈
틀거리던 짐승은 동굴보다 먼저 늙어 동굴의 귀신이 되었다
털 한 올 없는 붉은 살덩어리 귀신이 배를 바닥에 대고 물방
울처럼 부화하는 소리의 유충들을 핥아주었다 소리는 자라
서 동굴의 생각 동굴의 어둠 동굴의 웅얼거림을 몸으로 받
아 침묵이 되고 말이 되고 언어가 되고 물컹거리고 투명해지
고 어두워졌다 동굴이 열릴 때마다 붉은 짐승이 뱉어낸 말
은 일제히 제 몸을 부풀리며 세상 속으로 흩어졌다 말이 지
나는 마을마다 사람들은 분노하고 슬퍼하고 경악하며 웅성
거렸다 때로는 저희들끼리 싸우고 죽이고 흔적 없이 사라졌
다 사람들 사이로 동굴의 냄새 동굴의 언어 동굴의 표정이
번져갔다 사람들은 붉은 것을 제 입속에 집어넣고 다녔다
짐승은 세상에 모습을 드러내지 않았다 짐승이 길러낸 말들
만 동굴을 찾아 소문처럼 세상을 들쑤시며 다녔다 오늘은
내가 가두었던 동굴 속 붉은 짐승 한 마리 떠돌이 말들의 기
척에 욱, 뛰쳐나오려 했다

이 저녁의 작은 소란

발자국을 버리고 돌아온 신발들이 변두리에 모여든다

신발들로 넘쳐나는 신발들의 단골집이 있다

아무도 모르게 숨겨둔 키높이가 문제였다고 구석이 툴툴거린다

하이힐이 그렇게 쉽게 꺾인 적은 일찍이 없었다고 가운데가 목청을 높인다

길만 아니었다면 땅을 밟지도 않았을 거라고 그 옆이 구시렁거린다

신발들은 제각각 냄새를 피운다 어딘가 지독한

만 개의 발자국을 버리고 왔으니 입구 쪽이 갑이라고 치켜세운다

깔창 아래 몇 개를 남겨둔 모서리 쪽은 고의가 아니었다고 항변한다

수천 개를 한꺼번에 버릴 수 있는 것은 능력이라고 화장실 쪽이 으스댄다

긴 다리를 부들부들 떨면서 자빠지는 쪽도 있다

심지어는 신발이 저 혼자 문을 쾅 닫으며 나가버리는 일도 있다

단골집에서 이러시면 안 되죠 젠장 신발에 발이 달렸나요

저녁이 둥근 달처럼 떠올랐으나 좀처럼 가라앉지 않는다

발자국을 버려야 하는 운명을 타고난 그들은

발을 삐끗하며 떨어진 발자국을 다시 주머니에 넣을 수는
없다

버린 발자국을 데려오자고 객기를 부리는 신발

그건 범죄야 비록 바닥이지만 죄는 짓지 말자는 신발

버린 놈이나 버려진 놈이나 불쌍하긴 매한가지 혀를 차는
신발

이 저녁 신발들은 뒤죽박죽 섞인다 오른쪽과 왼쪽도 따
로 논다

늦었으니 그만 가자는 왼쪽 입가심이라도 하고 가자는
오른쪽

신발 축에도 못 끼는 신세라고 질질 끌려가는 슬리퍼들
까지

이 저녁의 변두리는 발 없는 신발들로 소란하다 오늘도

신발이 풍기는 더운 냄새로 단골집 유리창이 불룩하게 부
풀어 오른다

단어들로 이루어진 사람

당신은 문장보다 촘촘하고 사전보다 느슨하다 우리가 무수한 뼈와 살과 물방울로 일어섰듯 당신은 수많은 단어들로 골격을 이루었다 뼈인 단어와 살인 단어가 구분되지 않는 비문과 구절이 뒤섞인 당신은 후기 언어시대를 살았다

내가 다리라는 말을 잊으면 절룩거리며 왔다 내가 눈이라는 말을 잊었을 땐 세상을 더듬거리며 왔다 당신을 다 잊었을 때 시가 쏟아졌다

당신은 오늘 쓸쓸하다 어제의 쓸쓸함이 오늘에 몰려든 것은 아니다 오늘의 쓸쓸함은 내일로 번지지 않을 것이다

우리가 무수한 생각들로 이루어졌듯 당신은 수많은 의미로 빼곡하다 분홍과 역사가 문장을 이루고 나무와 돼지가 절구를 이룬다 섹스와 액세서리는 동의어가 되고 다시 반의어가 된다

당신은 당신을 해체한다 단어들이 어지럽게 쏟아진다 단어와 단어들이 부딪히며 악기가 되고 단어들이 깨어져 우레

가 된다 빛과 소리에 절은 문장은 어느 순간 그 형질을 바꾸었을 것이다

　당신은 눈을 감았을 때 울림으로 오고 귀를 막았을 때 섬광으로 온다 당신이 무덤에 들어가 관을 열고 반듯하게 누울 때까지 나는 시가 오길 기다리고 있었다

부부

교과서 같다. 이 정의에 몰두하는 동안,

나는 복도에서 걸상처럼 손을 들거나 무릎을 꿇는다 나는 텅 빈 교무실 의자에 앉아 출석부처럼 딱딱해진다 나는 화장실 빈 칸에 서서 긴 밀걸레처럼 외롭다 너는 호명하고 나는 출석한다 너는 칠판을 바라보고 나는 창밖을 내다본다 너는 문제를 내고 나는 문제가 된다 나는 망연하고 너는 명료하다 너는 가르치고 나는 그르친다

체육이거나, 음악이거나 혹은 미술이거나

우리는 축구를 한다 너는 차고 나는 막는다 우리는 연주한다 너는 두드리고 나는 친다 우리는 데칼코마니를 한다 나는 너고 너는 나다

참고서가 필요해! 생각이 찾아왔을 때

종을 친다 끝이 난다 종을 친다 문이 열린다 종을 친다 뛰쳐나간다 나는 너를 붙잡는다 화장실이 있다 나는 너를 붙

잡는다 교무실이 있다 나는 너를 붙잡는다 도서관이 있다
너는 나를 뿌리친다 나무에게 말한다 너는 나를 밀어낸다
의자에게 말한다 너는 나를 외면한다 현수막에게 말한다 포
스터에게 말한다 누구에게 말한다

　다시 교실에 가려 하거나, 혹은 가지 않으려 하거나

　교과서가 없다 참고서가 없다 가방이 없다 연필이 없다
놀이터가 있으나 가지 않는다 울타리가 있으나 넘지 않는다
개구멍이 있으나 들어가지 않는다 운동장이 있다 시이소가
있다 평행봉이 있다 너도 있다 나도 있다 그냥 있다

증명사진

자기 자신을 믿을 수 없다는 표정으로
사진이 저렇게 나를 바라봅니다

오늘의 나는 어제의 나를 증명하고 싶어 하지 않았습니다
어쩌면 나는 내가 아닐지도 모르니까요

어제 나는 꽃송이를 당신께 바친 사람입니다 오늘의 나는
꽃의 환멸을 기록하고 있습니다 다시 내일의 나는 무엇을
하겠습니까 나는 내일의 나를 생각해 본 적이 없습니다 상
상할 수 있는 일이 아닙니다 사진은 미래가 아니니까요

내가 지금 여기 없었다면
자기 자신을 믿을 수 없다는 표정으로
사진이 저렇게 나를 쳐다보았을까요

나는 나를 증명하려고 오늘
세상을 믿을 수 없다는 표정으로 사진을 찍었습니다

누구나 그럴 겁니다
>

내가 나밖에 믿을 게 없는 순간에도

내가 나를 믿을 수 없다는 표정으로
내가 저렇게 사진을 바라보는 일

그겁니다

상투적인 그림자

나는 상투적이게도
어둠의 자식이 되었다

개들이 짖어댔다
그의 발목을 붙잡고 질질 끌려가던 밤이었다
고개가 꺾여 머리통이 담벼락 너머에 걸려 있던 때였다

개들이 짖어댔다
부러진 목뼈를 꺼내 던져주고 싶었다

가로등 아래에 도착했을 때
그는 내 머리통이 없어진 것을 확인했다

여자를 전봇대에 몰아세웠다
여자를 찢어발기고 있었다

개들이 짖어댔다
나는 그를 빠져 나오려고 발버둥을 쳤다
그의 뒤꿈치를 물어뜯고 있었다

>

가로등이 태양처럼 비추어 대는
그 바닥의 밤이었다

개들도 짖어댔다
그러니까
어둠이 하는 일을 빛이 모른다고 할 수 없었다

늦가을, 환치되지 않는

버린 꽃을 주워들고
쿵쿵 냄새를 맡다가 다시 내팽개친다

이별은 짧고도 강렬한 구두 뒤꿈치 같은 것

낭자한 꽃잎
아직은 벙글지 않아 알아볼 수도 없는 말들이
배부터 짓뭉개진다

저걸 개라고 할까
털이 많은 저걸 밤이라고 할까

길바닥에 넥타이를 질질 끌고 다니는
그림자도 한때는
말쑥하고 다정한 그림자

오줌을 참느라 얼굴이 빨개진
꽃잎 한 장
골목 안으로 굴러간다
>

쿵쿵거리며 따라가는
가랑이 사이에 덜렁거리는
저건 벌써
무엇을 질질 싸대는지

고백이 이별이 되는 건
개 같은 일이지만

얼굴이 빨개지도록 팔랑거리던
나뭇잎 한 장이 가장 먼 허공으로

몸을 던진다

3부

배후도시를 산책하는 방법

벤치 위에 환삼덩굴이 앉아 있었다
그 자리가 처음부터 자기 자리였다는 듯이,
한 손에는 커터 칼을
다른 한 손으로는 피우다 만 담배를 비벼 끄고 있었다
벤치는 두 개, 이런 간절한 의자에 앉기를 바랐다
선택이 주는 전율을 깔고 앉아 떨고 싶었다
벤치는 두 개, 가슴이 두근거렸다
나비 한 마리가 갈고리 같은 발로
환삼덩굴과의 거리를 좁혀가느라 진땀을 빼고 있었다
어쩔 수 없는 일이 되었다
나는 커터 칼 앞으로 조금씩 거리를 좁혀갔다
식은땀이 가야 할 길을 살피느라 짜르르 흐르는 순간
벤치는 두 개, 나는 앉아 있는 장면이 되었다
그 자리가 처음부터 내 자리였다는 듯이,
한 손에는 커터 칼을
다른 한 손에는 다시 꺼낸 담배가 불을 기다리고 있었다
벤치는 두 개, 나는 가장 먼 곳으로 눈을 보냈다
환삼덩굴이 등받이를 할퀴는 소리가 들렸다
나비 한 마리 갈고리 같은 발을 들고 내 눈을 따라가고 있
었다

PC방

이 의자는 나를 뒤로 젖히기 위하여 왔다
중력과 부력의 중간에서
발을 들어올리자 갑자기 이마를 밀어 젖히는
이 모욕감은 어딘지 익숙하다
그러나 발도 머리도 닿지 않는 공중에서 멈추어
우리는 일제히 같은 자세로
같은 곳을 바라보았다
몇몇은 벌써 머리통을 모니터 안으로 밀어넣었다
저 검은색 사각의 관문은
반드시 미래로 가는 통로는 아니다 언제나
미래는 익명 뒤에 저를 숨기고
과거를 조롱한다
나는 저 조롱의 역사를 오늘 깰 수 있겠다
이미 나는 지상에서 발을 뗐다
어딘지 모르게 익숙한 모욕을 견디고
중력도 부력도 아닌 지점에 안착했다
이제 아가미 아이템과 날개 치트키만 쥔다면
땅이 없어도 살 수 있겠다
출렁이는 양수는 엉덩이까지 차오르고

탯줄을 끊을 시간은 얼마나 남았을까
몇몇은 이미 태어났다
태어나서 집으로 돌아갔다
빈 의자가 반듯하게 자세를 고쳐 앉았다

울 밑에 선 봉선화

낡은 속곳처럼 어른어른 꽃내가 새어나가고 있다
마음이 바래고 이름은 사라진다
나비는 네 속에서 빛깔을 지우고 마지막 날갯짓을 업고
날아간다
햇살은 고요하게 꽃을 꽃 보듯 바라본다

어느 날 문득
꽃이 사라진 까닭을 물어야 할까 꽃이 사라진 다음을 물
어야 할까
나는 있고 너는 없는 곳을 이곳이라 말할 수 있을까
씨앗 주머니 툭 터지듯 와르르 쏟아지는
꽃의 다음 생이 시작되는 곳에서 나는 너를 너인 듯 바라
본다

저만치 혼자 서 있다는 것, 흠뻑 젖어 떨고 있다는 것, 입
술이 새파래진다는 것
외롭다는 말과 서럽다는 말 사이, 손톱 밑에 붉은 생살을
파낸 것처럼
아프다는 말은 꽃 같다 꽃 같아서 나는 차마 앓지 못한다
>

뜨거운 것에 덴 뜨거움, 사람에 데인 사람, 꽃을 다 겪은 꽃들의 자리

다음 생을 시작하려고 죽음이 봄처럼 올 것이다

바지가 나에게

너는 나의 두개골을 연다
너는 나의 두개골 속으로 다리를 집어넣는다
그때 나는 너의 딱딱한 그것을 만났다
아니, 보았다
아니, 만졌다

너는 나의 귓속에,
달팽이관 부근에 손을 밀어넣는다
나는 너의 손과
손이 잡으려는 것들을 듣고 있었다
아니, 보고 있었다
아니, 만지고 있었다

너는 나의 입을 열고 그것을 꺼낸다
너는 나의 두개골 껍질을 벗겨내고 그것을 꺼낸다
꺼내고 남겨진 나를 집어던졌다
쑤셔박았다
처넣었다
>

이젠, 생각하지 않는다
나의 머리는 왜 너의 아랫도리로 가득한지
내가 뿔이라 믿는 것이 왜 너에겐 다리인지

나는 지퍼에 씹혔다
찢어진 입술로 입을 닫았다

그때, 프로그래머의 생각은 아름다웠다

휴대폰 문자수신함에 100개의 문자가 들어차면
맨 처음의 문자를 지워 새로운 문자를 받던 때가 있었다
그때, 프로그래머의 생각은 아름다웠다
맨 처음을 지워서 새로운 것들이 들어오게 하는 마음
그래, 그건 신성에 가깝지
우리에게 맨 처음이었던 것들이 있었지
그 새로웠던 것
이상하지? 설렘이라는 것이 낡았다는 말이 된다는 것
첫사랑을 기억해
그러나 늙은 소녀가 되는 기분을 말하는 거야
따뜻한 몸의 상자를 열고
101번째의 사랑이 들어왔을 때
사라진 문자는 누가 애도할까
아, 그냥 사라지는 것일 뿐
아, 상자 속이 함수의 소용돌이라는 것일 뿐
100개의 물음을 무엇으로 기억하지?
100개의 대답을 기억해서 무엇하지?
그때, 프로그래머의 생각은 아름다웠다
내일이면 우리가 모두 지워지려고
101번째의 오늘이 다가온다

골, 다공

무엇을, 위하여 있었다 그것은

질긴 생가죽 같은 인연, 이라고 노래한 적이 있는
닳고 닳아 소멸에 이르는 정오, 라고 정의한 적이 있는

그림자에겐
없고 나에게 있는, 무엇이

사라지는 문장의, 텅 빈
해체, 인 무엇을

가질 수 없다는 것이
너무 많아서, 가 아닐까 혼자서 뒤적거리다가
빈 구멍의, 검은

갱도의, 붉게 녹슨
레일을 따라 실려나간 무엇은, 무엇일까

눈먼 새, 의 꺾인 날개
대궁으로 남은 꽃, 의 사라진 향기

캄캄한 자궁, 의 출렁이던 양수
같은, 무엇을

쟁여놓았던 내 시, 의
곳간, 인
그 깊은
그 여럿의
무엇이, 있다가 사라졌다

폭포 아래

헛디딘 발걸음이었다
발밑에서 바닥이 사라지고, 순간

더 이상 달려갈 곳이 없을 때 나를 일으켜 세워준
너라는 낭떠러지,

일어선다는 것은 곤두박질친다는 말의
헐렁한 블라우스 같은 것

너는 너를 벗으며 말했다

발목 근처로 미끄러지듯 흘러내리는
너의, 물방울 단추 터지는 소리

나는 하얗게 부서졌다
그곳에

물구덩이가 있었고 소용돌이가 있었고
갑자기 멈춘 발자국들이 넘쳐흘렀다

처음부터 그랬던 것처럼

이름은 부르지 말 걸 그랬어

꽃이 지고 없는데
추하게도 꽃 이름이 남아 있다니

아름답다는 말이
아름다움과 함께 사라지지 않다니

그냥 거기 가만히 바라만 봤으면
말이 저렇게 이름을 남기려고 추하게 굴었을까

말이 사라지고 없는 날에는
말은 듣기만 할까

처음부터 그랬던 것처럼
그렇게 해야만 하는 것처럼

꽃이 거기 있었다는 것
그냥 거기 그대로 있어서 아름다웠다는 것
>

아름답다는 말이 없었더라도
처음부터 그랬던 것처럼

너를 그냥 거기 두기로 해
그냥 거기 있는 동안에는

우리가 명명한 세계는
사라지고 없었으면 좋겠어

세계가 처음 태어난 기분으로
처음부터 그랬던 것처럼

단풍 구경

한꺼번에 쏟아져 내리는
글자들을 어떻게 다 쓸어내지
사람들은 눈이 멀었는데
관광버스를 타고 몰려드는데
나무를 베어버릴 수는 없잖아
종이를 사라지게 할 수 없잖아
아침에는 달력에서 숫자들이 쏟아져서
한 장만 남기고 다 찢어냈지
날마다 달력 밑을 쓸었는데도
시간엔 자꾸 얼룩이 생겨
형형색색들을 어떻게 쓸어내지
이미 입으로 옮겨 붙은 글자들은
말이 되어 말대로 떠돌 거야
붉은 것은 그냥 붉고
노란 것은 그냥 노랗게 부풀 거야
제일 붉고 제일 노란 것을 사진으로 찍겠지
찍힌 것들은 소문보다 빠르게 복사되겠지
어머나 어쩜 이런 시를 쓸 수 있죠
리플이 주렁주렁 매달리겠지

사람들은 이젠 귀마저 먹을 거야

귀를 먹어 도시락을 까먹고

팔랑거리는 글자들을 잔에 띄워 마실 거야

그때 신문지를 깔고 앉을 거야

잡지책을 깔고 앉을 거야

전단지를 깔고 앉을 거야

글자들을 탈탈 털어내고 백치처럼 앉을 거야

뒤죽박죽 위에 퍼질러 앉아 노래도 부를 거야

이미 물이 들 대로 든 가을이니까

아무도 알아보지 못할 거야

쓸어도 쓸어도 쓸리지 않는

이 새파란 생각들

기일

제사가 끝나고 음식은 우리끼리만 먹는다
귀신은 현물이 아니니까 우리끼리만 먹는다
제사가 끝났으니 귀신은 뭘 먹었을까
궁금해도 나는 귀신이 아니니까
귀신이 뭘 먹었는지도 모르는데
이 많은 음식들 앞에 귀신은 왜 불렀을까
불러놓고 우리끼리만 먹는 걸까
먹었는지도 안 먹었는지도 모르는데
지방을 떼어 불을 붙인다 소지를 한다
그만 가세요 아버지를 불태워 드릴게요
차라리 잘 죽었어요 이런 집구석에서
후레자식이 뺨을 맞는다
제사가 끝나고 우리는 제각각 자식이 된다
귀신은 뭘 하는지
이 자식도 되고 저 자식도 된다
우리는 다 현물이니까
사과값은 내가 내고 배값은 또 누가 내고
귀신은 가고 없는데
이 자식 저 자식 후레자식이 된다

바닥 환풍구 위를 지나갈 때

지하 이발관으로
한 남자가 어깨를 구부리고 들어와서
검은 허물을 벗어놓는다
허물에 밴 냄새는
곰팡이 냄새와 비슷하다
지하에서 포식자처럼 기다리던
살찐 어둠이 그의 혀를 물어뜯는 동안
남자는 고요하게 숨을 거둔다
다음 날, 지상으로
부활한 그의 말쑥한 환신이 걸어나간다
그가 이끄는 소음들은
지상에서의 금욕을 교지로 삼는다
지하는 지상을 향하여
검은 입을 벌리고
입안에 들어차는
검은 하늘
그가 만든 허공에 올라선다
삼킬 듯한
그의 설교와 입냄새는

지하에서 썩는

그의 육신보다 맹렬하다

비린 것을 산다는 것

그것을, 싱싱하다고 말하는 여자와
그것이, 싱싱하다고 믿는 내가 흥정을 한다

아니 그, 말고 눈이 맑은 것으로 주세요
아니 그, 말고 어제 죽은 걸로 주세요

꼬리지느러미를 지그시 밟으며 생각한다
시뻘건 고무장갑과 질퍽대는 장화는
이 바닥에서 없어서는 안 될 물건들이다

허기를 감추려고 삼킨 말이 비려서
비린내를 풍기는 나는
비린내를 만지는 여자와 거래를 한다

아니 그, 말고
아니 그, 말고

눈을 부릅뜨고 죽은 생선과
눈을 부릅뜨고 살피는 길고양이의
좁혀질 대로 좁혀진 간격만큼

나는 나에게 바짝 다가서 있다
지갑을 꺼내면서 돈을 만지작거리면서

할머니 전성시대

마침내
할머니는 짠! 하고 나타난다

한두 분이 아니다. 온통 할머다
이미 죽은 할머니도 면면히 살아서 거기 나타나신다

학사평 할머니 순두부집, 신당동 할머니 떡볶이집, 서산
할머니 진국집, 순창 할머니 고추장집, 장충동 뚱뚱이 할머
니 족발집, 전주 할머니 비빔밥집, 다곡 할머니 묵집

오빠부대 맨송맨송해지고, 장미부대 시들해져서
사는 재미라곤 개뿔도 없는

양평 할머니, 옥천 할머니, 강릉 할머니, 통영 할머니, 변산
할머니, 벌교 할머니, 청송 할머니, 제주 할머니, 서천 할머니,
마파도 할머니, 할머니, 할머니……

골목을 돌아서기 무섭게, 짠!
산자락 밟기가 겁나게, 짠!

>

회춘이 멀지 않았다. *끄*윽, *끄*윽
연인들을, 가족들을, 불륜들을 후루룩 후루룩 닥치는 대
로 빨아 마시는
저 수많은
자본주의의 노파들

쇠가죽 전대를 차고
희멀겋게 웃고 있는
웃음이 누렇게 뜨고 있는
간판들

마침내 할머니는
짠! 하고
짠! 하게 사라질 것이다

식스센스

두렵다
아침에 열고 나온 문이
그 문 그대로 파르르 떨고 있을까
그대로인 것은 얼마나 써늘한가
물렁한 구름의 혀를 밟고 발을 내민다
아침의 인사 그대로 당신은
당신인 채로 말을 할까
잘 다녀와요
떠나온 세계로의 출근인
오늘의 퇴근
나는 다시 두렵다
내 눈에 흙을 뿌린 자가 있고
달덩어리를 빨아대며 애도한 자가 있다
먹다가 버린 채널들이 널브러져 있다
살아 있는 것들
살아서 낄낄거리는 것들의
이승은 지루하기 짝이 없지
뉴스도 편지도 없이
우편함엔 변함없이

관리비 고지서가 꽂힐 테고
늙은 경비원은 하얀 입김을 뿜으며 졸 것이다
으스스 몸을 쓸어볼 것이다
이 변함없는 것들의 차가움
나는 뼈를 추려 떨다가
뼈를 딸각이며 집 주위를 오래 맴돈다
퇴근길이
살을 에는 추위가 아니라서
그나마 다행이라고 중얼거리며

알맹이가 씹히는 오렌지주스

울음을 감추러 가자고 했다
울음을 감추기 좋은 곳이라고 했다
울음은 마개를 여는 것이니까
울음은 액체를 쏟아내는 것이니까
울음은 소리를 거머쥐는 것이니까
울음은 알맹이를 터뜨리는 것이니까
울음은 얼굴을 일그러뜨리는 것이니까
울음은 온몸으로 떠는 것이니까
울음은 눈을 감는 것이니까
울음은 멈출 수 있는 것이 아니니까
울음을 감추러 가자고 했다
울음은 이 작은 세계가 시작이니까
울음은 이 모든 무덤의 끝이니까

여우 입술

입술을 믿지마
달콤한 것은 눈을 감게 하지
눈을 감으면
안 보이는 사랑을 하지
너를 가져가도 모르고
너를 두고 가도 모르는
따뜻한 걸 믿지 마
달콤한 것은 따뜻하게 녹아들지
네가 녹고
너의 영혼이 녹고
너의 영혼과 하늘마저 녹아서
한꺼번에 주저앉게 되지
몸이 빠져나간 옷처럼
걷잡을 수 없지
솟아날 구멍도 없이
달콤한 것은 버릴 수가 없지
벗어날 수 없지
입술에 갇혀
그대로 영영

서로를 볼 수 없을 때까지
서로를 껴안고
서로의 등 뒤로
빨간 피 한 방울 떨어뜨리지
밤마다 꼬리를 자르는
신음소리가
빨갛게 입술을 칠하고 나오지
입술을 믿지 마

질투

입구도 출구도 없는 곳에
그 둘은 서 있다

좁은 사각형의 철망 안
털이 다 빠지고 눈이 찢긴 투계
결코 부리를 땅에 처박지 않겠다는 저 길다란 목

발톱이 네 벼슬을 거둘 때까지
종은 울리지 않을 것이지만

둘만이 사방이 막힌 철망 안에 있다

사람들은
피 묻은 걸레를 뒤집어 볼 뿐

이 싸움의 이름은 모른다

이별의 모습

유리잔은 비어 있다 비어 있는 것들로 가득하다 가득한 것들이 어떻게 투명해질 수 있지? 누군가의 지문이 유리잔의 내부를 들여다보고, 누군가의 입술이 가득한 것들을 비운, 빈 것들이 가득하다

내가 너를 품은 지 얼마나 되었을까 나는 여전히 너로 가득 비어 있다 너로 가득한 나는 어떻게 투명해지고 있었을까? 가득한 것들이 어떻게 보이지 않을 수 있게 되었을까?

붉게 출렁인 흔적, 격랑이 일었다가 사라진 흔적, 없는 것들은 언제나 흔적을 남긴다 마셔버린 포도주와 떨리는 손끝과 붉은 입술이 가득한 유리잔은,

손끝마다 누군가의 지문이 소용돌이치고 지문에는 누군가의 싸늘한 입술이 만져진다 들여다보면 내가 비어 있다 출렁이며 비어 있는 것들로 가득하다

4부

우연히 모두가 그렇게

우연히 몸을 얻었다
그것도 살아 있는 것을

이미 삶이 시작된 이후였다

뒤늦게 얻은 몸으로는 들어갈 수 없는
나는
물결의 긴 혀를 들고 해변을 걸어간다
우연히 돌이 단단해진다

누군가 나를 만지고 있다 나는 느낀다
생의 귀퉁이들이 닳아가고 있다는 것을

물거품을 물고, 세상은 나를 삼켰을지도 모른다
그것도 살아 있는 나를, 어느 날

얻은 몸이 우연하게 나를 바라보는 비애

우연히 얻은 새의 몸으로 새가 날아간다

우연히 얻은 꽃의 몸으로 꽃이 핀다

우연히 모두가 그렇게
얻은 손으로 얻은 몸을 만진다
얻은 날개로 얻은 몸을 들어올린다

모래시계

처음에는 한 알의 모래
단지 한 알의 모래로 시작된 여행이었다

모래의 서걱거림 모래의 쿨럭임 모래의 헛기침이 사라진
곳으로 가기를 원했다
더 이상 무너지지도 깨어지지도 않는 한 알의 모래가 되기
를 원했다

그러나 세계는 모두 하나의 유리 감옥

낯선 문을 열고 나갔을 때
신기루처럼 사라질 여행의 종말
오로지 한 알의 모래인 세계가
무수히 많은 한 알의 모래들을 받아내는 참혹과 맞닥뜨
릴 뿐

미지는 벌써 제 하반신을 모래로 가득 채우고 있었다

저 좁고 긴 도시의 병목을

안간힘으로 빠져나갔다 해도 결국은 다시 사막으로 되돌
려지는
단지 한 알의 모래로 시작된
모래알 같은 열망이 시간에 금을 낼 수 있을까만

처음의 그곳으로 되돌아온 무수한 한 알의 모래들
한 알의 모래로 시작하는 여행을 멈추지 않는다

상반신을 바람에 날려버린 행상들이
허공을 가로질러 가고 있었다

생고기 비빔밥

디스코 팡팡을 타요 생각 없이 그냥 타요 정신줄처럼 질긴 것들은 다 빼놓고 타요 다리는 엉키잖아요 몸은 튀어 오르잖아요 어떻게 안 되잖아요 디스코 팡팡을 타요 손잡고 타요 오른쪽으로 타고 왼쪽으로도 타요

우리는 고기잖아요 피가 다 빠질 때까지 살점이 연해질 때까지 디스코 디스코 돌려줘요 팡팡 튕겨줘요 밥이잖아요 살려고 살아 있는 밥이잖아요

디스코 팡팡을 타요 배꼽을 잡고 웃을 수 있나요 디스코 팡팡을 타요 개다리 춤을 출 수 있나요 이 구석 저 구석 처박혀 다 죽었는데 웃어요 자꾸 웃어요 디스코 팡팡 웃어요

우리는 이렇게 비벼요 민지랑 비벼요 서린이랑 비벼요 정준이도 비벼요 디스코 디스코 섞어요 우리는 우리를 잘 몰라요 고기도 빨갛고 밥알도 빨갛고 야채도 빨개요 그래도 팡팡 비벼요 이런 맛은 처음이잖아요

디스코 팡팡을 타요 둥근 밥그릇 안에 저렇게 탱글탱글

하게 서렇게 생생하게 저렇게 통통 튀게 디스코 팡팡을 타
요 우리는 살아 있는 고기잖아요 한 그릇이잖아요

시인 서생원

그는 말을 물어 나르는 종자였다
빨간 말 파란 말 심지어 샛노란 말이 있었다
평판대로 쥐새끼 같은
그의 금고에는 말들이 쟁여졌다
마누라는 버려도 버리지 않겠다던 말이 있었고
초성만으로도 눈을 멀게 하는 말이 있었으며
당장이라도 한 입 물고 나가면 침을 질질 흘리는 말이 있
었다
말의 알곡들이 소복소복 쌓여갔다
자수성가한 말의 신흥재벌
그의 생이 절정으로 치달을 무렵
오래된 말에서는 싹이 나고
싹이 난 말의 씨눈에 독이 고여 들었다
앞니를 뾰족하게 세우고 말을 갉아먹던 밤
말의 단맛이 혀를 마비시켰을까
그는
등가죽 벌겋게 피가 비치도록 바닥에 몸을 비볐으나
그가 물어 나른 말들은
그의 입을 열어주지 않았다

그는 찍, 소리도 못하고 죽었다
그의 이름으로 된 텅 빈
헛간 하나가 남았다

광주에는 극락강이 있다

서창 길 헤매다가 다리를 건너갔다
다리를 건너는 줄도 모르고 건넜다
그래도 영 길을 모르는 천치는 아니어서
구 시청 가는 길을 알고 충장로도 안다
5.18 묘지로 가는 변두리 길도 알아서
그게 광주의 큰길이라고 믿기는 하지만
광주에는 아는 길이 없어 물어서 다닌다
경상도 말로 길을 묻는 것이
거시기할 때도 있다 나는
이유를 모르지만 아는 사람도 있다
아는 사람은 다 내가 모르는 사람이라서
어떤 길은 모르는 척 가거나 가지 않아도 된다
광주 사람도 내비게이션도 말해주지 않았던
다리를 건너갔다
다리인 줄도 몰랐으니
건너가지 않아도 되는 길이었다
아무 생각 없이 그냥 가면 되는 길이었다
갔다가 아차 이 길이 아니었구나 돌아섰을 때
무심하게 건넜다가 처음의 그 자리로 돌아오는 길에

비로소 다리 아래를 지나는 극락강을 보았다
극락강이라는 푸른 표지판을 보았다

암각으로 쓰는 편지

1. 반구대에서

밑그림을 그려둔 지 수천 년이 흘렀는데 채색 물감 한 통 사오는 놈이 없다

긴수염고래 미늘창으로 찔러놓고 술 사러 나간 놈은 천산북로 어디쯤 낙타 한 마리 없이 사막을 경중경중 뛰어다 닌다지

돌을 쪼개 꺼내보던 심장을 다시 쇠 두들겨 만들기까지 또 몇 겁이나 흘렀을까 극지의 신들도 얼음 속에 눈알을 묻고는 소식마저 끊었다

문간을 지키던 공룡은 또 몇 마리나 자빠졌는지 숫자도 문자도 없는 시절이라 바위에게 전했더니 저렇게 제 가슴에 발자국을 거두어 찍는 것이 갸륵하기 그지없다

한 번도 완전한 소멸이 없었으니 완전한 탄생도 없는 것 이라 여겨 차라리 시간을 토막 낼 하늘제사도 모셨는데 우

뢰를 지닌 빙하의 칼잡이들은 결국 뛰어내리지 않았다

　봄마다 초록의 짐승들이 나무를 뚫고 나오는 광경이야
예나 지금이나 변함이 없는데 어느 미친놈의 잡신이 짚고 다
니던 지팡이인지 굴뚝의 연기 때문에 살 수가 없다

　바퀴 달린 짐승들은 어느 대륙에서 붕붕거리며 기어들었
는지 시끄러워 잠 못 이룬 것이야 모기 한 마리 때려잡는 것
으로 퉁친다 하자

　바람을 막든지 물을 막든지 먼지를 막든지 소리를 막든
지 사람을 막든지 시간을 막든지 시커먼 비닐봉지라도 한
장 주면 그려둔 밑그림 탈탈 털어 갔으면 좋겠다

　어느 천 년에 채색 물감 한 통 사오는 놈을 만나서 색을
다 칠하고 쭉 뻗어 자볼까 싶다

　2. 천전리에서
　>

내가 시간의 후예라면 어느 암석에 침묵을 새길 수 있을까요

돌이 무거워 그 아래 둔, 잘 뒤집히던 마음은 찍 소리도 못
하게 누르고, 종잇장처럼 확 구겨서 버릴 시집으로 나를 기록
하고 싶지는 않도록! 온전히 몸의 무늬를 새길 수 있을까요
　삼각 김밥이나 음료수를 담아왔던 것이겠지만, 버리고 간
비닐봉지를 손 안에 구겨서 쥘 때, 그 속이 내 시처럼 시끄럽
고 복잡하였습니다. 비닐봉지에 적힌 겨우 몇 글자뿐인 데도

내 마지막은 빛바랜 구름의 쇄골을 만지며 살아가는 것
입니다. 칼 가는 소리가 개울에서 등천하여, 마지막 공룡 한
마리까지 멸절하였다는, 물과 나무와 바람의 선택을 말로는
할 수 없으니, 돌보다 먼저 닳아 없어질 시를 돌의 제단에 내
려놓고 싶습니다

각석에 새겨진 문양과 기호와 동물은 내가 알아볼 수 있
는 저작이 아닙니다. 삐꿋한 발목이 아파옵니다. 자꾸 고개
를 가로젓는, 몸으로만 암각해야 할 말씀들이 입안에 가득
할 뿐입니다.

요로결석

하필이면 돌이 그곳을,
꼭 그곳을 지나 나를 빠져나가려 했다

그곳이 아팠으므로, 그곳이
당신의 자리였다는 것을 알았다

바람을 밟고 죽은
장미가 다시 장미로 피기까지

죽고 난 후에야
살아 있었다는 것을 깨닫는 생이 있어서
꼭 그런 생이 있어서
나도 크게 한 번 까무러쳤다

그곳이 당신의 자리였다고
아파서 죽겠다고

붉은 꽃잎을 뚝뚝 떨어뜨려서
다시 무엇에 죽어보겠다고
    >

그날

나는 방안을 뒹굴었고
장미는 울타리를 넘어섰다

불의 냄새들

　화살을 묶었네 나뭇가지처럼 분질러 한 단 땔감을 만들었네 한 번도 과녁에는 이르지 못하고 퍼붓던 햇살의 혁명은 끝났네 바람은 자주 굴절을 일으키며 나를 비껴갔네 몸에 숨어 있던 정전기는 찌르레기처럼 울었네 화살들은 불태워졌네 촉에 붙었던 불은 아침까지 내 등을 후볐네 밥이 익고 밥 앞에서만은 꼿꼿하자던 허기도 마른 수숫대처럼 쓰러져 또 한 단의 땔감으로 메말라 갔네 나는 뭉개진 무기를 잡고 세월의 허벅지를 긁어주었네 늙은 여자가 뱃속의 아이를 꺼내보고는 다시 넣었네 아직은 침묵해야 할 때 마른 입술을 떼어 젖은 아궁이에 던져 넣었네 입이 없는 아이들의 울음소리가 수수 속대처럼 터져 나왔네 모든 발설은 재가 되기 시작했네 모든 증언은 불길처럼 휘어져 더 깊은 아궁이 속으로 내몰리기 시작했네 나는 뱉지 못할 말들을 삼키며 쿨럭거렸네 아궁이는 붉은 혀를 내두르며 침묵의 괴로움을 보여주었네

전날 아침을 잘 아는 어르신께

전 어제가 없었답니다
오늘 태어났고 오늘을 살았고 오늘 죽었으니까요
내일이 되면 저는 또 말할 수 있어요
저는 어제가 없었답니다
내 모든 오늘의 어제인
전날 아침을 잘 아는 어르신께
전날 아침은 무얼 드셨나요
저는 그게 궁금해 미치겠어요
오늘 태어났고 오늘 먹고 오늘 죽었으니까요
먹는 일보다 드높은 일이 없었으니까요
우리는 모두 검소하고
우리는 모두 알뜰하죠
허투로 무얼 쓰지 않죠
거창한 근대사도 현대사도 없고
예술도 과학도 스포츠도 없이
오늘만 살아요 우리는 모두
먹고만 살아요 먹어본 놈만이
먹을 줄 안다는 이상한 나라가
아주 조금 궁금했지만

그건 정말 먹는 일이 아닐 테니까요
전날 아침을 잘 아는 어르신께
제 일생을 걸고 물어봅니다
미치도록 궁금해서 물어봅니다
전날 아침에는 무얼 드시다가
오늘이 되었나요

아파트 9층에서 일어날 수 있는 일

선택의 여지는 없었지만
아파트 9층에서 살게 되었다

땅 도둑이 배관을 타고 올라오기는 높고
하늘 도둑이 밧줄을 타고 내려오기는 낮다는
중개업자의 진지함이 좋았다

한 층을 높이면 부를 때 욕부터 해야 하는 것 같아서
한 층을 낮추면 한 박자 쉬고 들어가는 욕 같아서
십? 팔? 십? 팔? 고민할 것 없이
소리가 살짝 죽는 발음도 한몫했다

스프링클러가 천장에서 대가리만 내밀고
빤히 내려다보는 사생활 침해가 없다는 것도
마음에 꼭 들었다

엘리베이터를 타고 온 모기가 천연덕스럽게
따라 들어오는 일이 있었지만
때려잡으면 그만이었다

>

구, 구. 구. 구.
비둘기가 모여들 듯이
배달하는 녀석들도 투덜대지 않고 찾아왔다
9층이기 때문이었다

어느 날 뿌리 뻗을 자리를 못 찾은
양파가 양파를 다 먹어 치웠다
다 먹어 치운 놈이 새파란 촉을 들고 덤비길래
찌개 끓일 때 넣어 먹었다

나는 이런 고요가 좋다

경비원들은 바닥을 쓸며 다니고
하늘은 또 꼭대기 층에 사는 누군가가 쓸겠지만
가끔은 앞문으로 들어온 바람이 뒷문으로
물고 나가는 것이 있었는데
말 그대로 풍문이었다

지열도 없고 태양도 비켜서서

들키지 않고
다른 우주를 훔쳐보기도 적당했다

이웃들은 모르지만 나는
별 중에서도 이빨이 뾰족한 걸 좋아하는데
뒤꿈치만 들면 손가락을 깨물릴 수도 있다

꿈같은 일이다

완벽하게도 허공으로 전입했다

다정한 엄마의 독서 지도

애야 이리 와보렴
이제 엄마는 엄마가 되려고 해

나는 아직 엄마를 모르는데

글자에 색을 입혀놨구나 좋겠구나
형형색색이 어떻게 맛이 없겠니
엄마는 이제 검은색만 먹게 되었단다
그게 참맛이라고 지금 말하기는 이르구나

멸치처럼 생긴 건 고소하단다
콩처럼 생긴 건 몸에도 좋지
색이 빨간 건 매운 거란다

나는 아직 맛을 모르는데

먹어봐 맛있어 글자의 등을 갈라 뼈를 발라낸다
가시가 있는 글자는 위험해도 맛있단다

괜찮아 넌 그냥 받아먹기만 하면 돼
>

엄마에겐 모음이 많지 네 아빠도 알고 있단다
아빠는 엄마에게 자음을 준단다
얘야 너도 내가 먹여준 자음이 몸을 나가려고 할 때가 온
단다

그래 그래 미안하구나 진도가 빠르구나
글자는 모두 독이 있다는 걸 깜빡했구나

아무튼 모음을 조심해야 한단다
모음은 자꾸 자음을 가지려고 하지
함부로 생긴 글자가 태어날지도 몰라
모음이 많은 엄마는 모음의 경험이 많단다

넌 그냥 받아먹기만 하면 돼

그러니까

얘야 넌 졸고 있니
지 애비 핏줄 아니랄까 봐 자음으로만 졸고 있니

입만 벌리면 되는데
너는 대체 뭐가 되려고 하니

엄마는 지금 엄마가 되려고 하는데

함박눈이라는 슬픔

젖어 있다
젖은 것들은 어떻게 가벼워질 수 있을까

생각을 하면 점점
생각이 부풀어
축축하게 젖은 것들이, 공중으로 날아오른 것들이, 고요
하게 세상의 어깨를 덮어주는 순간이 온다

기척도 없이 사방으로 내려오는 흰 빛의 이름은 몰라도
된다

창을 열고 손을 내밀어
손이 하얗게 변할 때까지

나를 맡겨두면

털이 새하얀 고양이가 긴 등을 구부렸다가 펴서는

발을 들어

그 모든 것을
잡으려 할 테니까

곤하게 자고 일어난 아침처럼
눈이 부실 테니까

이누이트

얼음의 심장을 만진다
손바닥에 얼음의 심장이 뛰고 있다

대륙을 향하여 떠나는 형제들
순록의 피를 마시며 일어서는 눈보라
금기로 들끓는 극지는 얼마나 멀리 있는가

내 몸에는 개의 피가 흐른다

치욕이란
세계와 마주칠 때 몰아치는 폭풍 같은 것
형제들은 얼음의 심장을 나누어 가졌다

생가죽을 벗겨내는 외로움이 몰려올 것이다
손가락을 잘라 던지는 극한이 피를 식혀줄 것이다

썰매를 끌고 얼음 속으로 사라지는
개떼들, 형제들의
울음소리는 유빙처럼 모서리를 부딪치며 흘러간다
>

물속의 검은 눈동자들
수장된,
세드나를 기억할 것이다

나는 무릎을 꿇고
심장을 꺼내 얼음 위에 올려놓는다

별들이 까마귀 떼처럼 달려든다

백 년 전

나는 사람이 아니었습니다

오늘이라는 말에는 얼마나 많은 내일이 숨어 있는지
몸안에서 비둘기를 꺼내다가 실패하였습니다
장미도 리본도 손수건도 꺼내는 데 모두 실패하여

나는 아직 내가 아니었습니다
생각만으로는 내가 될 수 없었습니다

생각에는 언제부터 눈동자가 그려져 있었나요
생각이라고 하니 자꾸 눈을 뒤집게 되네요
눈동자의 뒤편이 생각인가요

뿌옇게 흐리고 붉은 핏줄이 거미줄처럼 얽힌
새의 알에서도 보았던 불거진 핏줄의 생생함
생각해 보니 나는
생각의 알에서 깨어난 난생설화의 주인공이었던 것도 같
습니다

그런데 몸안의 비둘기 왜 꺼낼 수 없었을까요
>

나는 사람이 아니어서
그 많다는 내일은 생각조차 할 수 없습니다

하루는 몸안에서 늑대를 꺼내 울부짖고
또 하루는 개를 꺼내 뒷다리를 들고 오줌을 갈겼습니다

그런 날이면 악몽에 시달리곤 하였습니다
몸안에 물컹한 무엇이 잡혀 꺼냈을 땐
사람의 얼굴이었습니다
다음 날은 그 악몽을 가시덤불 깊숙하게 숨겨두며
다시는 꿈에라도 오지 말라고 이름 모를 신에게 빌고 빌
었습니다

나는 손의 재능을 과신한 마술사였던 걸까요

번번이 몸안에서 장미를 꺼내려다 실패하고
새를 꺼내려다 실패하는

백 년 전, 오늘

탈레반

철삿줄이 녹물을 흘리며 기어다니는 울타리에 나팔꽃이
피어 있다

늙은 수숫대가 잘린 다리를 어깨에 걸치고 비스듬히 기대
어 죽어 있다

잘린 다리에서 붉은 녹물이 뚝뚝 떨어져 바닥에 고인다

패인 웅덩이를 들여다보는 해바라기 얼굴에 검버섯이 가
득하다

버섯구름 아래로 하지의 가랑잎 순례자들이 모여든다

전쟁은 언제 끝났는가 한바탕 매미 울음소리가 휩쓸고 지
나간 계절이다

지금은 콩깍지 터지는 소리가 멀고 아득하게 들려온다

복면을 한 사내가 낫을 들고 망망한 들 끝에 서서 벼이삭
을 움켜쥔다

효수된 머리채를 흔들며 검은 피가 논배미에 일렁거린다

평화는 참으로 오래전부터 이 마을에 주둔하고 있었다

토르소

사지가 잘려나간 흉상이 있다
저 유물은,
죽어서 결코 몸으로는 돌아가지 않겠다는
결의가 선명하다

그는 그에게서
아주 먼 곳이다

없는 손과 없는 발의 거리만큼
멀어서
그는 신화에 가깝다

손발이 멀쩡한 나는
얼마나 자주 내 몸을 들락거렸을까

머리도 없는 환멸이
가슴에 가득하다

우화의 그늘

— 이성목 시집 『함박눈이라는 슬픔』 읽기

오민석(문학평론가, 단국대 교수)

1.

문학은 현실의 모방 혹은 재현이 아니라 '다른' 세계의 생산이다. 그러므로 신비평(New Criticism)의 대표 주자 중 하나였던 브룩스(C. Brooks)도 이미 오래전에 "진실한 시는 경험에 대한 어떤 단순한 진술 혹은 경험으로부터 끌어낸 관념이 아니라 현실의 시뮬라크르(simulacrum)"라고 하였다. 브룩스에 의하면 시는 현실을 다른 언어로 바꾸어 낸 것이라는 의미에서 '패러프레이즈(paraphrase)'이다. 그것은 언어가 구성한 새로운 세계이다. 그러므로 시가 만든 (별도의 세계인) 패러프레이즈를 다시 현실로 환원시키는 것을 브룩스는 "패러프레이즈의 이단(異端)"이라고 비판했다. 시는 그 어떤 산문 언어로도 환원될 수 없는 자기만의 문법을 가지고 있기 때문이다. 그러나 시가 만든 '다른' 세계는 (다른 세계이면서) 동시에 세계의 일부이다. 시는 다른 세계에서, 다른 언어로, '지금, 여기의 현실'에 날리는 미적 파동(波動)이다. 그러므로 신비평가들처럼 텍스트를 (그 자체 자족적인 세계로) 고립시키고 숭배하는 것은 사실상 시를 '불구'로 만드는 일이다. 시는 특수한 언어이지만 자폐-언어가 아니다. 시는 자신의 고향이자 원료인 현실을 끊임없이 호출한다. 그리하여 시는 현실'의' 언어는 아니지만, 결국 현실에 '대한' 언어가 된다. 다만 시는 일상 언어로 현실을 베끼지 않고 다른 언어로 현실을 재구성하며, 이렇게 만들어진 세계로 현실과 대면한다.

이성목 시인이 현실을 재구성하는 주요(!) 방식은 우화(fable)이다. 우화는 사물이나 동물을 빌려 인간의 이야기를 하는 장치이므로 두 층위를 거칠 수밖에 없다. 첫 번째 층위는 사물들의 세계에 인간의 서사를 입히는 것이다. 두 번째 층위는 그렇게 해서 사물들로 하여금 인간의 세계에 대하여 말하게 하는 것이다. 우화의 성공 여부는 이 두 층위 사이의 투과성의 정도에 달려 있다. 현실과의 접점이 부족하거나 사물의 세계에 갇힌 우화는 현실을 단순화하며 스스로 도덕적 훈화의 상태에 머문다. 우화가 이렇게 멀리서 모든 것을 결정하고 가르치는 '꼰대'가 될 때, 그것이 보내는 타전(打電)은 현실에 가닿지 못한다. 더 이상 메타언어의 지위를 고집하지 않고 그 자체 현실과 한 몸이 될 때 우화는 비로소 '다른' 세계가 된다. 이것이 우화의 시적 효과이다.

밤새 나를 두드리는 소리를 들었습니다 나는 깨어나지 않을
참입니다 바람대로라면 당신 혓바닥에 올려놓을 얇은 꽃잎 한
장이지만 나는 나를 두드리는 사람을 믿지 못합니다 전생에 그는
나를 오래 두드려 새파란 낫을 건져갔던 사람입니다 낫에 잘린
꽃들을 애도하기에 늦었다는 것을 알았을 때 피 냄새나는 꽃들의
후생으로 내가 가서 어떤 날끝에도 잘리지 않는 꽃잎 한 장
세상에 드리고 싶었습니다

—「대장간 칼」 부분

이성목의 우화는 제목을 보아야 그것이 우화라는 사실을
비로소 알 수 있을 정도로 현실과 밀착되어 있다. 그의 우화
에서 사물의 세계는 인간의 세계로 바로 쏟아져 들어온다.
화자는 우화→현실의 위계에 구멍을 내고 투과성을 최대
한 높임으로써 우화가 현실을 규정할 틈을 주지 않는다. 그
의 화자 역시 인간의 상태에서 사물-인간의 겹 존재(double
being)로 순식간에 변한다. 그리하여 그의 시에서 우화와 현
실은 순서나 단계가 아니라 동일성의 상호 내주(페리코레시
스, perichoresis) 상태가 된다. 그것들은 동일한 본질의 다른
두 얼굴이며, 서로 겹쳐지면서 동일성의 밀도를 극대화한다.
위 시는 시스템의 폭력 아래 놓여 있는 개체와 "대장간 칼"
을 바로 등치시킴으로써 시스템이 멀리서 개별 주체들을 제
어하는 추상적인 '환경'이 아니라 살갗을 파고드는 "새파란
낫"과도 같은 것임을 생생하게 느끼게 해준다. 시스템의 이

끔찍한 직접성은 사물(우화)을 동원하지 않고서는 표현하기 힘들다. 그러므로 사물들을 끌어들이는 모든 시들은 사실상 넓은 의미에서 우화에 가까이 가 있다. 시는 개념이 아니라 물질(사물)로 세계를 재구성하기 때문이다. 시스템에 저항하는 '미적 주체'를 "어떤 날끝에도 잘리지 않는 꽃잎 한 장"으로 표현하는 것 역시 대장간이라는 사물 세계의 맥락이 없이는 성취하기 힘들 것이다.

> 욕조에 찰랑찰랑 넘치도록 물을 받고
> 물속으로 몸이 들어가면 물은 얼마나 설렐까
>
> 세숫대야에 꽃잎을 띄워놓고 가만히 손을 넣었을 때를 생각해 봐
> 손등을 찰랑찰랑 밀어내며 설레고 설레던 물
>
> (……)
>
> 둥글고 둥근 저수지 물은 널 받으며 얼마나 설레고 설렜을까
> 얼마나 설레고 설레서 기슭으로 자꾸만 꽃잎들을 밀어냈을까
> 찰랑찰랑 밀어내고 또 밀어냈을까
>
> 찢어진 블라우스가 꽃잎처럼 덮여 있었지
>
> ―「설레는 저수지」 부분

앞의 시에서 사물의 세계가 인간의 세계로 흘러 들어갔다면, 이 시에서는 거꾸로 인간의 서사가 사물의 세계에 갑자기 뛰어듦으로써 언어의 전압을 올린다. '설렘'은 일종의 사랑(생명) 충동, 즉 에로스의 표현이다. 에로스는 서로를 끌어당기는 힘이다. 인력(引力)이 에로스라면, 척력(斥力)은 죽음(파괴) 충동, 타나토스이다. 그러나 (프로이트의 말대로) 에로스는 타나토스의 다른 이름이기도 하다. 보라, 저수지의 물은 "널 받으며" 설레었지만 "설레고 설레서 자꾸만 꽃잎들을 밀어"낸다. 설렘의 에로스가 밀어냄의 타나토스가 되고 밀어냄의 이유가 죽음을 거부하는 것이므로 이 밀어냄을 통해 타나토스는 다시 에로스가 된다. 사물 세계의 "꽃잎"이 갑자기 인간 세계의 "찢어진 블라우스"로 전치되면서 순식간에 에로스→타나토스→에로스의 전환이 일어난다. 물에 몸을 던지는 행위가 (물과 하나가 되는) 에로스의 순간에 타나토스를 실현하는 것이라면, 물은 거꾸로 상대를 밀어냄(타나토스)으로써 살리려(에로스) 한다. 이 시에서 우화와 현실의 세계는 서로 정반대의 방향에서 합쳐지고, 에로스와 타나토스는 자리를 수시로 바꿈으로써 (황홀하고도 슬픈) 상호 내주의 상태를 만든다. 이것이야말로 시가 '다른' 세계의 창조를 통하여 호출하는 현실의 모습이다.

2.

이성목이 만들어 내는 우화들은 현실과 겹쳐지면서 중층적 의미를 생산한다. 그의 시들은 우화와 현실을 왕복운동하면서 그것들을 서로 뒤섞고 흔든다. 우화와 현실이 서로 만나 화학 반응을 일으킬 때 그것들의 경계는 무너지고 새로운 세계가 창조된다. 그의 시 안에서 우화는 현실이 됨으로써 허구에서 벗어나고, 현실은 우화가 됨으로써 의미론적 풍요를 얻는다. 그것들은 서로 합쳐지면서 각각의 세계에서는 존재하지 않는 새로운 세계를 만들어 낸다.

그가 검고 흰 꼬리를 세우며 천천히 다가왔다
발걸음에는 질문이 가득했다

코스모스가 피를 흘리는 현장이었다

우리는 속말을 신분증처럼 꺼내 보여주며
어떤 증거가 될 그를 카메라에 담았다
그가 가진 눈과 귀를 수집했다

앰뷸런스가 코스모스를 싣고 달려갔다

바람은 다시 이곳에서 가랑잎들의 안녕을 확인할 것이다
현장 근처 억새풀이 잠복을 서둘렀다

허리춤에 찬 수갑이 은빛으로 반짝이고 있었다

(……)

우리는, 우연히 꼬리를 세우고 다가온
생의 비의를 이대로 놓칠 순 없다고 생각했다

(……)

그리고 우리는 그를
수크령이라 적어 두었다

— 「길 밖의 고양이」 부분

　처음 읽을 때 다소 난해해 보이는 이 시는 그의 상상력이
가동되는 방식을 잘 보여준다. 마지막 행에서 드러나듯이
이 시 속의 "그"는 "수크령"이라 불리는 여러해살이 억센 풀
을 가리킨다. 수크령은 한자로 낭미초(狼尾草)라 불리기도
하는데 이리(狼)의 꼬리를 닮아 붙여진 이름이다. 시인은 수
크령을 "길 밖의 고양이"라고 부르는데 강아지풀보다 억세
게 서 있는 수크령의 모습에서 꼬리를 바짝 세우고 무슨 일
인가 꾸미고 있는 고양이를 떠올렸기 때문일 것이다. 화자
는 수크령을 고양이로 환치한 후 그가 하는 짓을 추적해 나
감으로써 아무 일 없는 들판을 수사 현장의 긴장된 내러티

브로 바꾸어 놓는다. 사실 이 시에 등장하는 사물들의 세계에서 일어나는 특별한 사건은 없다. 다만 우리는 중간에 고양이로 환치된 수크령을 "우연히 꼬리를 세우고 다가온 / 생의 비의"라 부르는 대목에 집중해야 한다. 그는 "우연히" 만난 사물들의 세계에서 바로 "생의 비의"를 읽어내고 있는 것이다. 그에게 있어서 생의 비밀스러운 의미는 사물들 속에 숨어 있으며, 그가 사물들의 우화를 만들어 낼 때 비로소 그 속에서 '새로운' 모습으로 드러난다.

그렇다면 그에게 있어서 "생의 비의"는 무엇일까. 그가 만들어 낸 우화들의 그늘을 들여다보면, 그에게 있어서 생의 전면(前面)에 투영된 그림들은 주로 죽음, 절망, 폭력에 관련된 것이다.

상자에 담긴다는 것은 참 마법 같은 일이구나

수학자는 어둠 속에서 중얼거리고

나무 상자로 들어간 아버지는
육탈이 끝났는지 갈비뼈를 찰랑거리며 꿈속을 다녀간다

(……)

날마다 상자를 기다리는 사람이

번번이 상자를 반품하는 사람이

다만 모르고 있을 뿐 함수가 상자라는 걸

언젠가 우리는 모두 상자 안으로 들어가 누울 것이다
―「택배」 부분

모두의 밤인 아침

비늘 세운 절망이
머리에서 꼬리까지 꿈틀거리며 온몸을 밀고 간다
―「창세기」 부분

애기단풍인 줄 알았는데 피 묻은 손이었다 옆구리를 뚫고 나온
나무인 줄 알았는데 도끼였다 그네가 아니라 목줄이었다 비명이
혀를 빼물고 공중에 매달려 있었다

(……)

다음 날도 나무속에서 피가 터져 나왔다 오후에는 뒷머리 검은
저녁이 수갑을 차고 현장으로 끌려 들어왔다
―「국립과학수사연구소 백양사분소」 부분

"택배"의 우화에서 "상자"를 죽음의 자리로 읽어내는 것

이나, 세계의 시작("창세기")을 "모두가 밤인 아침"으로 설정하고, 그 시간대에서 "비늘 세운 절망이" "온몸을 밀고 간다"고 말하는 것, 그리고 "백양사"의 단풍에서 "피", "도끼", "목줄", "비명", "수갑"을 읽어내는 것은 그가 주목하는 생의 파사드(facade)가 무엇인지를 잘 보여준다. 그가 볼 때 세계는 폭력과 죽음, 절망으로 가득차 있으며, 이런 점에서 시는 "비유가 남기려는 피의 얼룩"(「너무도 詩적인 마술」)이다.

3.

그렇다면 그는 왜 생의 전면에 이와 같은 절망의 목록들을 배치하는 것일까. 내가 볼 때 그것은 그의 비극적 세계관 때문이다. 세계관이 주체의 의식에 비추어진 세계의 모습이라면, 그의 비극적 '세계관'은 비극적 '세계'에서 기인하는 것이다. 루시앙 골드만(L. Goldmann)에 의하면 세계관은 일종의 "초개인적(trans-individual) 정신구조"로서 "한 집단의 구성원들을 서로 엮어주고 동시에 그들을 다른 집단의 구성원들과 구별시켜 주는, 사상과 소망과 감정의 복합체"이다. 내가 볼 때 그의 세계관은 널리 모더니즘에서 포스트모더니즘으로 이어지는 '비판적' 지식-주체들의 계보에 속해 있다. 무엇보다 그는 세계를 우연성의 산물로 간주하고 있다.

우연히 몸을 얻었다

(……)

얼은 몸이 우연하게 나를 바라보는 비애

우연히 얻은 새의 몸으로 새가 날아간다
우연히 얻은 꽃의 몸으로 꽃이 핀다

우연히 모두가 그렇게
얻은 손으로 얻은 몸을 만진다
얻은 날개로 얻은 몸을 들어올린다

─「우연히 모두가 그렇게」 부분

　세계를 필연성이 아닌 우연성의 산물로 간주하는 것은 모
더니스트들의 핵심적인 세계관이다. 세계가 우연한 사건들
의 우연한 결합일 때("우연이 모두가 그렇게") 주체는 세계
의 통일된 형태(Gestalt)를 가정할 수 없으며, 세계는 그 자체
불가해한 대상이 되고 바로 그 불가해성 때문에 '악몽'으로
다가온다.

　세계는 모두 하나의 유리 감옥

　낯선 문을 열고 나갔을 때
　신기루처럼 사라질 여행의 종말

오로지 한 알의 모래인 세계가

무수히 많은 한 알의 모래들을 받아내는 참혹과 맞닥뜨릴 뿐

미지는 벌써 제 하반신을 모래로 가득 채우고 있었다

—「모래시계」 부분

    화자는 주체를 "한 알의 모래"로, 세계를 바로 그 모래들의 집합("무수히 많은 한 알의 모래들")으로 읽어낸다. 결국 화자에게 있어서 세계는 응집성(통일성)이 부재한 "참혹"한 세계이며 그러므로 그 자체 파편화된 "미지"의 세계이다. 통일성을 가질 때조차 그것은 "하나의 유리 감옥"에 불과하다. 게다가 그것들의 토대("하반신")는 "모래로 가득" 채워져 있기 때문에 아무런 안정성도 가지고 있지 않다. 다른 시에서도 그는 "애초에 이 꽃잎은 질문할 수 없는 대답이었"고, "침묵은 질문이 만들어 내는 공포"(「질문」)라고 고백하는데, 이는 우연성이 지배하는 세계 앞에 선 주체의 고통과 절망을 잘 보여준다.

이름을 부르지 말 걸 그랬어

꽃이 지고 없는데
추하게도 꽃 이름이 남아 있다니

(……)

우리가 명명한 세계는

사라지고 없었으면 좋겠어

—「처음부터 그랬던 것처럼」 부분

이 시에서 말하는 "처음"이란 "명명" 이전의 세계, 즉 언어 이전의 세계를 말한다. 글쓰기가 결국 사물과 세계에 이름을 붙여주는 "명명" 행위라면, "명명한 세계는 사라지고 없었으면 좋겠어"라는 발언은 악몽의 세계 앞에 선 글쓰기의 절망으로 읽어도 좋을 것이다. 그럼에도 불구하고 그가 글쓰기를 포기할 수 없는 것은 글쓰기가 단지 악몽의 세계를 복제하는 것이 아니라 그에 맞서는 새로운 세계를 '생산'하기 때문이다. 앞에서 그를 비판적 모더니즘의 계보 안에서 읽어냈지만, 다른 한편 그를 모더니즘의 전통과 구별시켜 주는 것은 바로 다음과 같은 대목 때문이다. 이성목 시인을 (그 모든 친족 유사성에도 불구하고) 모더니즘의 허무로부터 구해내는 것은 늘 저 아래, 생의 바다를 향해 있는 그의 시선 때문이다.

고개를 떨구는 자만이

신발을 뚫고 나온 검은 발가락을 경배할 수 있다

(……)

허공을 버리고 대지로 귀환하는 수많은 가랑잎들

(……)

순례가 시작된다

―「해바라기」 부분

    그는 페시미즘의 가운데에도 손쉬운 '초월'을 꿈꾸지 않으며, "신발을 뚫고 나온 검은 발가락을 경배"한다. 궁핍의 현실 앞에 무릎 꿇는 그의 태도는 모더니즘적 세계관 너머에 숨어 있는 리얼리스트로서의 그의 다른 면모를 보여준다. 그러므로 그의 우화들은 사물들과 어깨동무하고 그가 들여다본 저 밑바닥 "대지"의 서사이다. 그리하여 "허공을 버리고 대지로 귀환하는" 그의 시들은 악몽의 세계를 건너가는 "순례"가 된다. 이 시집은 그 발자국들의 아픈 기록이다.

함박눈이라는 슬픔

1판 1쇄 발행 2019년 3월 30일
1판 2쇄 발행 2019년 7월 23일

지은이 이성목
발행인 윤미소
발행처 (주)달아실출판사

책임편집 박제영
디자인 박상순
마케팅 배상휘

주소 강원도 춘천시 춘천로 17번길 37, 1층
전화 033-241-7661
팩스 033-241-7662
이메일 dalasilmoongo@naver.com
출판등록 2016년 12월 30일 제494호

ⓒ 이성목, 2018
ISBN 979-11-88710-25-6 03810

• 이 도서의 국립중앙도서관 출판예정도서목록(CIP)은 서지정보유통지원시스템 홈
페이지(http://seoji.nl.go.kr)와 국가자료공동목록시스템(http://www.nl.go.kr/
kolisnet)에서 이용하실 수 있습니다.(CIP제어번호: CIP2018039844)
• 잘못된 책은 구입한 곳에서 바꿔드립니다.
• 책값은 뒤표지에 표시되어 있습니다.